Algunas de las animaciones de este libro incluyen barras de herramientas. Aquí verás cómo usar los botones más comunes.

Pulsa aquí para reiniciar la aplicación desde el principio.

Pulsa aquí para ver/ocultar la barra de iconos.

Pulsa aquí para reiniciar la aplicación.

Pulsa aquí para tomar una imagen.

Usa estos botones para navegar.

¿Necesitas ayuda?
Si tienes algún problema, visita nuestra página:
www.blume.net

BLUME

Título original: *iSolar System*

Dirección del proyecto: Betina Cochran, Alex Navissi
Dirección de arte: David Harvey, Lauri Halderman, Helene Alonso
Edición y textos: Eliza McCarthy, Martin Schwabacher, Sasha Nemecek
Gestión de interacción y modelado: Harry Borrelli, Camila Engelbert, Erin Arden, Kim Raichstat
Traducción: Dulcinea Otero-Piñeiro
Revisión técnica de la edición en lengua española: David Galadí-Enríquez, Astrónomo, Doctor en Física
Coordinación de la edición en lengua española: Cristina Rodríguez Fischer

Primera edición en lengua española 2014

© 2014 Art Blume, S.L.
Av. Mare de Déu de Lorda, 20 08034 Barcelona
Tel. 93 205 40 00 Fax 93 205 14 41 E-mail: info@blume.net
© 2013 Carlton Books Limited, Londres
© 2013 American Museum of Natural History

I.S.B.N.: 978-84-9801-733-5

Impreso en China

WWW.BLUME.NET

Este libro se ha impreso sobre papel manufacturado con materia
prima procedente de bosques de gestión responsable. En la
producción de nuestros libros procuramos, con el máximo empeño,
cumplir con los requisitos medioambientales que promueven
la conservación y el uso responsable de los bosques, en especial
de los bosques primarios. Asimismo, en nuestra preocupación por
el planeta, intentamos emplear al máximo materiales reciclados
y solicitamos a nuestros proveedores que usen materiales de
manufactura cuya fabricación esté libre de cloro elemental (ECF)
o de metales pesados, entre otros.

El editor quiere agradecer a las siguientes fuentes su amable
permiso para reproducir las imágenes de este libro.

Leyenda: sup.: superior, inf.: inferior, izda.: izquierda,
dcha.: derecha, c.: centro

American Museum of Natural History: /5W Infographics: 21b, /M. Garlick: 12-13
Bigelow Aerospace: 10r, 11tr
Corbis: /Dennis di Cicco: 16br, /NASA/epa: 27bl, Tomas Bravo/Reuters: 29t
ESA: 11
Getty Images: 9l, /AFP: 14l, /Gamma-Keystone: 9t, /Time & Life Pictures: 16-17
Ghent University, Belgium: /Gaetan Borgonie: 29r
© **Steven Hobbs:** 24-25
JAXA: 17c
NASA: 6-7, 8, 9tl, 9tr, 9b, 10l, 13c, 14bl, 15t, 18,19l, 19tl, 19c, 21r, 22, 26-27, 28l, 28tr, 28r, 30r, /ESA: 15tr, 15r, 30bl, 31l, /JPL-Caltech: 4-5, 20c, 20-21, /MalinSpace Science Systems/MGS/JPL: 19tr
Profesor Dava Newman (Inventor): Science Engineering; Guillermo Trotti, A.I.A., Trotti and Associates, Inc. (Cambridge, MA): Design; Dainese (Vincenca, Italy): Fabrication; Douglas Sonders: 18l
Science & Society Picture Library: /NASA: 9r
Science Photo Library: /Juergen Berger: 29br, /Lynette Cook: 31r, /John R Foster: 17tl, /NASA: 7t, /Woods Hole Oceanographic Institution, Visuals Unlimited: 29bl
Thinkstockphotos.co.uk: 2tr, 17br
University of British Columbia: /P Hickson: 13br
University of Liege, Belgium: 29l
VirginGalactic.com: 15br
© **John R. Whitesel (Nautilusx):** 22-23

Se ha procurado con máximo esfuerzo contactar y citar
correctamente las fuentes y/o propietarios del *copyright* de todas
las imágenes; Carlton Books Limited pide disculpas por cualquier
error u omisión no intencionados, que serán corregidos en futuras
ediciones del presente libro.

El American Museum of Natural History, de la ciudad de Nueva York, es uno de los museos más grandes y acreditados del mundo.
Desde su fundación en el año 1869, ha ido incrementando su colección hasta reunir más de 32 millones de piezas y artefactos
relacionados con el mundo natural y las culturas humanas. El museo exhibe sus colecciones en las salas de exposiciones
y, entre bambalinas, cuenta con más de 200 científicos dedicados al desarrollo de investigaciones de vanguardia. El museo
también aloja la estatua de Theodore Roosevelt, el monumento oficial del estado de Nueva York a su 33.º gobernador
y 26.º presidente de la nación, y un tributo al imperecedero legado de Roosevelt. El museo recibe cada año la visita de unos
cinco millones de personas procedentes de todo el mundo. Organice un viaje para conocer este museo, sede de la mayor
colección del mundo de fósiles de dinosaurio, o realice una visita virtual por él a través de www.amnh.org (en inglés).

NUESTRO SISTEMA SOLAR

El Sistema Solar contiene una sola estrella, el Sol, alrededor de la cual orbitan ocho planetas, millones de asteroides rocosos, cometas de hielo y varios planetas enanos, entre los que se cuenta Plutón. Hasta el momento presente los humanos solo han puesto el pie en la Luna, así que aún queda mucho por explorar.

LOS OCHO PLANETAS

Tamaños y distancias
El dibujo de abajo muestra los tamaños relativos de los ocho planetas del Sistema Solar, comparados con el del Sol. Lo que no aparece aquí es la distancia relativa que separa a los planetas. Esto se debe a que, para hacerlo, necesitaríamos una página ¡del tamaño de un campo de fútbol! Los cuatro planetas exteriores están mucho más alejados que los cuatro planetas interiores.

EL SOL

Masa: 333.000 Tierras
Composición: 92,1 % de hidrógeno, 7,8 % de helio, 0,1 % de otros elementos
Gravedad en la superficie: unas 28 veces la gravedad en la superficie terrestre

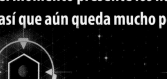

▲ MERCURIO
Distancia media al Sol: 58 millones de kilómetros
Satélites naturales: ninguno
Masa: 0,055 Tierras
Periodo orbital: casi 88 días
Origen del nombre: el dios romano del comercio

▲ VENUS
Distancia media al Sol: 108 millones de kilómetros
Satélites naturales: ninguno
Masa: 0,815 Tierras
Periodo orbital: 224,7 días
Origen del nombre: la diosa romana del amor y la belleza

▲ TIERRA
Distancia media al Sol: 150 millones de kilómetros
Satélites naturales: uno
Periodo orbital: 365 días

▲ MARTE
Distancia media al So[l]
228 millones de kilómetros
Satélites naturales: d[o]
Masa: 0,1 Tierras
Periodo orbital: 687 d[ías]
Origen del nombre: e[l] dios romano de la guer[ra]

REALIDAD AUMENTADA

Pulsa los iconos de los planetas para verlos de cerca. Después pulsa el Sol para volver a ver todo el sistema. Desliza el marcador de la barra para aumentar o reducir la velocidad de desplazamiento de los planetas. El contador indica cuántas vueltas ha dado la Tierra alrededor del Sol (cada una es un año) desde que empezaste a mirarlo.

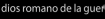

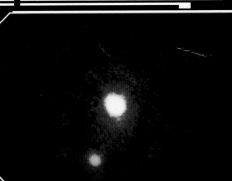

PLUTÓN, EL PLANETA ENANO

Plutón ya no se considera un planeta en un sentido estricto, porque es demasiado pequeño para barrer el resto de objetos fuera de su recorrido orbital. Ahora se considera un «planeta enano». El helado Plutón, junto con sus cinco satélites, entre los que se cuenta Caronte, reside en el cinturón de Kuiper, una región que dista miles de millones de kilómetros del Sol y que alberga un mínimo de 100.000 objetos más.

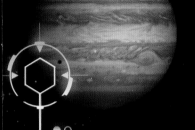

▲ JÚPITER

Distancia media al Sol:
778 millones de kilómetros
Satélites naturales:
al menos 64
Masa: 318 Tierras
Periodo orbital: 11,9 años
Origen del nombre: el dios supremo romano

▲ SATURNO

Distancia media al Sol:
1.400 millones de kilómetros
Satélites naturales:
al menos 53
Masa: 95 Tierras
Periodo orbital: 29,5 años
Origen del nombre: el dios romano de la agricultura

▲ URANO

Distancia media al Sol:
2.900 millones de kilómetros
Satélites naturales:
al menos 27
Masa: 14,5 Tierras
Periodo orbital: 84 años
Descubierto en: 1781
Origen del nombre: el dios de los cielos en la Grecia antigua

▲ NEPTUNO

Distancia media al Sol:
4.500 millones de kilómetros
Satélites naturales: 13
Masa: 17,1 Tierras
Periodo orbital: 164,8 años
Descubierto en: 1846
Origen del nombre: el dios romano del mar

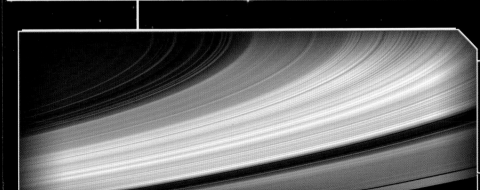

◎ *Anillos planetarios*

Los cuatro planetas exteriores (Júpiter, Saturno, Urano y Neptuno) tienen anillos. Saturno cuenta con los anillos más numerosos y extensos (los que se representan aquí). Miden 290.000 kilómetros de un lado a otro.

LA CARRERA LUNAR

Módulo lunar de la Apollo 11
Conocido como Eagle, «águila», aterrizó en la Luna el 20 de julio de 1969.

En el siglo XX, Estados Unidos y la Unión Soviética (un país que incluía la actual Rusia) iniciaron una carrera para ver cuál de los dos sería el primero en aterrizar en la Luna. En 1969 Estados Unidos lo logró. Entre 1969 y 1972 caminaron sobre la Luna 12 hombres estadounidenses –pero ninguna mujer.

LA LUNA

DATOS VITALES
17 % de la gravedad de la Tierra
Tarda 29,5 días en orbitar la Tierra
3.475 kilómetros de diámetro, alrededor del 27 % del de la Tierra

DISTANCIA A LA TIERRA
384.400 kilómetros (en promedio)
135 días en coche a 120 km/h
3 días en la nave *Apollo 11*

Un vehículo versátil
El Eagle se diseñó para que aterrizara y después fuera capaz de volver a poner a los astronautas en órbita alrededor de la Luna.

REALIDAD AUMENTADA

Pulsa y desliza elementos o usa el zoom para explorar la desnuda y rocosa superficie lunar. El satélite natural de la Tierra no tiene atmósfera, así que los asteroides que caen en ella debido a su gravedad se estrellan contra la superficie y forman inmensos cráteres.

SECUENCIA TEMPORAL DE LA CARRERA ESPACIAL

1957
La Unión Soviética lanza el Sputnik, el primer satélite artificial que se situó en órbita alrededor de la Tierra.

1959
La Unión Soviética hace que la sonda Luna 2 alcance la Luna. Es la primera que lo consigue.

1961
El ruso Yuri Gagarin se convierte en el primer ser humano que llega al espacio.

1963
La rusa Valentina Tereshkova se convierte en la primera mujer que llega al espacio.

1968
La misión estadounidense tripulada *Apollo 8* logra situarse en órbita alrededor de la Luna.

1969
La misión *Apollo 11* posa a los estadounidenses Buzz Aldrin y Neil Armstrong sobre la superficie de la Luna.

DE PASEO POR LA LUNA

Animados por los éxitos soviéticos de finales de la década de 1950 y principios de 1960, los estadounidenses trabajaron duro para mandar humanos a la Luna. Lo consiguieron el 20 de julio de 1969, cuando dos hombres caminaron por la superficie lunar ante 600 millones de telespectadores. Buzz Aldrin y Neil Armstrong pasaron allí 12 horas, desplazándose a saltitos de un lugar a otro debido a la escasa gravedad y recolectando rocas lunares para su estudio.

EL PRIMER HOMBRE EN EL ESPACIO

El 12 de abril de 1961, el astronauta ruso Yuri Gagarin se convirtió en la primera persona que llegó al espacio. Gagarin completó una órbita alrededor del planeta durante un vuelo de 108 minutos en la cápsula *Vostok 1*.
«¡Veo la Tierra!», dijo desde el espacio: «Es tan bonita». Aterrizó de nuevo en la Tierra tras salir eyectado desde la cápsula y descender en paracaídas hasta el suelo.

ALGO VA MAL

La misión *Apollo 13* iba a ser la tercera en aterrizar en la Luna, pero nunca llegó a hacerlo. Una explosión en uno de los tanques de oxígeno dejó un sector de la nave sin suministro de electricidad ni de oxígeno. Los astronautas se vieron obligados a girar alrededor de la Luna en lugar de aterrizar. La conocidísima frase «Houston, tenemos un problema» la pronunció el astronauta Jack Swigert durante aquella misión.

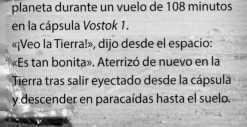

«Este es un paso pequeño para el hombre; un salto de gigante para la humanidad»

Neil Armstrong, comandante de la nave *Apollo 11*

UNA BASE EN LA LUNA

Una base en la Luna
Una base construida con módulos Bigelow se parecería mucho a esto, aunque probablemen se haría subterránea para proteger a los astronautas de los meteoroides y la radiación.

Nadie ha vuelto a visitar la Luna desde 1972. Hoy, muchos científicos e ingenieros de todo el mundo están decididos a volver a mandar gente allí.

REALIDAD AUMENTADA

Mueve el dispositivo para mirar alrededor de este modelo de base Bigelow. Módulos inflables como estos podrían servir de componentes tanto para la nave como para la base estática.

¿DÓNDE ATERRIZAR?

El cráter Shackleton, próximo al polo sur de la Luna, es uno de los destinos más probables. La región tiene hielo, seguramente residuo de impactos cometarios, además de luz solar en los bordes del cráter y gran cantidad de materiales en el suelo que podrían ayudar a los humanos a «vivir de la tierra» de la Luna algún día.

EL CRÁTER SHACKLETON

DATOS VITALES
Profundidad: 4 kilómetros
Anchura: 20 kilómetros
Temperatura en el borde: Alrededor de −73 ºC
Temperatura en el fondo: Alrededor de −213 ºC
Origen del nombre: Ernest Shackleton (1874-1922), explorador británico de la Antártida

RECURSOS

MÓDULOS MULTIUSOS

El lanzamiento desde la Tierra de una nave muy pesada y propulsada por cohetes es carísimo. Los módulos expansibles, con paredes de tejido reforzado, podrían usarse para las zonas habitables de las naves y también para construir una base en la superficie de la Luna. Tres de estos módulos podrían proporcionar casi el mismo espacio habitable que algunas casas. En contraste, el tamaño de los módulos lunares *Apollo* rondaba el de la celda de una cárcel.

Oxígeno: Habría que llevar depósitos de oxígeno líquido desde la Tierra para que los astronautas respiraran y para propulsar los cohetes. Una vez instalado un campo base, los astronautas podrían obtener oxígeno de compuestos químicos existentes en las rocas lunares.

Luz solar:
cráter cuenta con un borde muy elevado que recibe luz solar directa durante 240 días al año y que permanece en tinieblas durante no más de dos días seguidos. La luz solar casi constante en la región del polo sur podría usarse para producir electricidad.

Protección solar: Las unidades de vivienda podrían enterrarse o cubrirse con sacos de arena rellenos de suelo lunar para protegerlas de la caída de micrometeoroides y de la radiación solar de alta energía.

Cráter Shackleton
Se cree que este es el mejor lugar para instalar una base.

Agua: En la Luna hay muy poca agua, y la mayor parte de ella está en los polos, donde hay cráteres que albergan hielo enterrado debajo de la superficie.

Unidades de vivienda:
Se podrían transportar unidades de vivienda expansibles hasta la Luna y montarlas allí.

Energía: Podrían instalarse paneles solares para captar luz solar y suministrar la electricidad necesaria para calefacción, ventilación y bombeo de oxígeno y nitrógeno para respirar.

CIENCIA EN LA LUNA

Imagínate un cable fino que ascienda miles de kilómetros hacia el cielo desde la Luna. Al final del cable hay una estación espacial: ¡Es un ascensor lunar! Tal vez suene a ciencia ficción, pero hay ingenieros y visionarios que llevan trabajando en esta idea casi un siglo.

MINERÍA EN LA LUNA

¿Por qué molestarse en construir un ascensor lunar? Se ha descubierto que las muestras de suelo lunar que trajeron los astronautas contienen helio 3. En la Tierra el helio 3 escasea, pero podría usarse para propulsar una nueva clase de central nuclear en nuestro planeta en el futuro.

ASCENSOR LUNAR

Si los humanos instalamos una base en la Luna, necesitaremos un sistema para llevar y sacar materiales de la superficie. La Luna solo tiene la sexta parte de la gravedad terrestre, pero se necesita gran cantidad de combustible para que una nave despegue desde allí. Un ascensor lunar reduciría enormemente el esfuerzo y los gastos. El cable principal empezaría en el ecuador situado en la cara visible de la Luna y llegaría hasta varios cientos de kilómetros de distancia de la Tierra. Aeroplanos espaciales transportarían personas y materiales desde el ascensor hasta la superficie de la Tierra y viceversa.

REALIDAD AUMENTADA

Pulsa el botón para mover las cabinas de los ascensores lunares. Pon el libro en el suelo al hacerlo y ¡observa cómo llega el cable hasta la Tierra!

Una visión del futuro
En esta ilustración un ascensor lunar transporta personas hasta una estación espacial, desde donde regresarán a la Tierra. El objeto circular situado en la superficie de la Luna es un telescopio de espejo líquido.

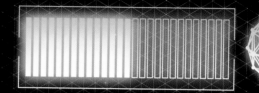

ASTRONOMÍA EN LA LUNA

La luz tarda mucho en recorrer la distancia que hay entre las galaxias, así que cuando observamos la luz de objetos muy lejanos, en realidad estamos viendo la energía que salió de ellos hace mucho tiempo. Desde la Luna, un telescopio podría llegar a remontarse hasta los primeros días del universo, casi hasta 13.700 millones de años atrás. Los astrónomos proponen construir algún día un telescopio de espejo líquido en el polo sur de la Luna.

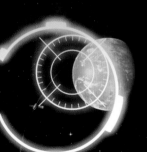

Galaxias a través del tiempo
Esta imagen tomada por el telescopio espacial Hubble muestra galaxias a lo largo de la mayor parte de la historia del universo. Con telescopios instalados en la Tierra no se pueden tomar imágenes como esta debido a la interposición de la atmósfera.

TELESCOPIO DE ESPEJO LÍQUIDO

Un telescopio de espejo líquido podría servir para los mismos propósitos que un telescopio tradicional, pero con un peso y unos costes más reducidos. Tendría el tamaño de un campo de fútbol y el espejo principal sería líquido. Al girar despacio formaría una superficie reflectora que permitiría observar los primerísimos días del universo. Para construir este telescopio, los científicos prueban ahora líquidos especiales que no se congelen a las bajísimas temperaturas que imperan en la Luna.

¿DÓNDE ESTAMOS AHORA?

Los humanos no hemos vuelto a visitar la Luna desde 1972, pero tampoco hemos abandonado el espacio. Gracias al lanzamiento de la Estación Espacial Internacional (ISS), desde octubre del año 2000 no ha pasado ni un día sin que haya una persona en el espacio. También hay una cantidad cada vez mayor de robots ahí fuera, y el telescopio espacial Hubble, en órbita alrededor de la Tierra, nos envía imágenes asombrosas a diario.

MISIONES SIN TRIPULAR

En 1970 la nave soviética Venera 7 aterrizó en Venus. Fue el primer vehículo sin gente dentro que aterrizó en otro planeta y transmitió datos desde allí a la Tierra. Desde entonces, los vehículos no tripulados que llamamos sondas han explorado todos los planetas del Sistema Solar. En 2004 se posaron en Marte dos todoterrenos idénticos. El bautizado como Opportunity aún envía datos a los científicos de la Tierra, y en 2012 se le unió el vehículo Curiosity (*véase* el capítulo «Robots en Marte»).

🔍 **El viaje de Venera 7**
Es una cápsula que la Unión Soviética mandó a Venus.

PAÍSES EN EL ESPACIO

Cuando desapareció la Unión Soviética en 1991, la nueva Federación Rusa prosiguió con su programa espacial. Estados Unidos y Rusia siguieron siendo los únicos países que enviaban personas al espacio hasta 2005, año en que China lanzó una nave tripulada. A lo largo de los últimos años se han situado en órbita alrededor de la Luna sondas espaciales de numerosos países, entre ellos China (imagen de la derecha), Estados Unidos, Japón e India.

LA ESTACIÓN ESPACIAL INTERNACIONAL

La ISS ha alojado a más de 200 personas al cabo de los años. Como resultado, tenemos más información que nunca sobre cómo se vive y se trabaja en el espacio. Cuenta con numerosos sectores o módulos para residir y trabajar, que reciben parte de la energía de una red imponente de paneles solares. En la ISS siempre hay seis tripulantes a la vez, y está previsto que continúe en el espacio hasta al menos el año 2020.

UN SUPERTELESCOPIO

El telescopio espacial Hubble lleva en órbita desde 1990. Con él la comunidad científica puede observar las profundidades del universo sin la interposición de la atmósfera terrestre. Este telescopio llega a captar algunos de los objetos más tenues (y antiguos) del espacio, lo que ha permitido realizar grandes descubrimientos sobre la naturaleza del universo.

Nave SpaceShipTwo de la empresa Virgin Galactic

TURISMO ESPACIAL

En la actualidad hay varias empresas privadas que están creando vehículos para llevar pasajeros al espacio, y puede que algún día incluso a la Luna o a Marte. Virgin Galactic es una de las empresas más sobresalientes de «turismo espacial», las cuales están desarrollando naves para ofrecer viajes al espacio suborbital, unos 100 kilómetros sobre la superficie terrestre. Los aviones de la compañía Virgin Galactic despegarán desde el puerto espacial Spaceport America, en Nuevo México.

ASTEROIDES

Los asteroides son pequeños objetos rocosos que orbitan alrededor del Sol, la mayoría de ellos en el cinturón de asteroides situado entre Marte y Júpiter. Pero otros siguen órbitas mucho más próximas a nuestro planeta y hasta se estrellan contra él. ¿Visitaremos los humanos estos asteroides próximos a la Tierra? ¿Qué podemos aprender de ellos?

Visita cercana
Itokawa es un asteroide que a veces atraviesa la órbita de la Tierra mientras gira alrededor del Sol.

ITOKAWA

DATOS VITALES
Tamaño: 540 × 295 metros de ancho
Gravedad: 1/100.000 de la gravedad terrestre
Temperatura media: −67 ºC
Distancia al Sol: 249 millones de kilómetros en promedio

HAYABUSA

Los humanos no hemos viajado nunca a un asteroide, pero sí hemos enviado una nave no tripulada. La sonda japonesa Hayabusa aterrizó en el asteroide Itokawa en 2005 y trajo muestras a la Tierra. Itokawa dista tanto de nosotros que las comunicaciones por radio entre la nave y el control de la misión tardaban ¡16 minutos! La misión Hayabusa duró siete años desde su lanzamiento hasta que regresó a la Tierra.

ASTEROIDES Y COMETAS

Asteroides
Se han identificado más de 8.000 asteroides próximos a la Tierra con tamaños que varían desde lo minúsculo hasta ¡más de 34 kilómetros de largo! Estas rocas solitarias son restos de los escombros originales a partir de los que se formaron los planetas.

Cometas
Además de los asteroides, los cometas orbitan a veces alrededor del Sol, cerca de la Tierra. La gran diferencia es que los cometas liberan gas y polvo a medida que se desplazan en su giro alrededor del Sol.

¿PARA QUÉ VISITAR UN ASTEROIDE?

Visitar un asteroide sería una buena práctica para una misión a Marte, pero ¿hay otras razones para ir? Sabemos de qué están hechos los asteroides gracias a los meteoritos (pequeños trozos de asteroides y cometas) que han caído en la Tierra. Muchos meteoritos son ricos en metales valiosos, así que algún día tal vez valga la pena practicar la minería en ellos.

interior de un meteorito de hierro

¿PODEMOS HACERLO?

El envío de seres humanos a asteroides cercanos a la Tierra es una posibilidad real. En 2011 el presidente estadounidense Barack Obama proclamó su deseo de enviar «astronautas a un asteroide por primera vez en la historia». El estudio de asteroides de cerca y la obtención de muestras ayudaría a conocer cómo se formó el Sistema Solar.

 Esta cápsula trajo a la Tierra polvo del Itokawa para que lo estudiaran los científicos.

REALIDAD AUMENTADA

Pulsa y desliza el asteroide Itokawa o usa el zoom para hacerlo girar mientras avanza dando tumbos por el espacio. El mayor reto para los astronautas que en el futuro aterricen en una de estas rocas será ¡evitar que se pierdan flotando a la deriva!

¡Peligro sobre nuestras cabezas!

La Tierra ha recibido el impacto de asteroides con anterioridad. Probablemente fue un impacto gigante ocurrido 65 millones de años atrás lo que causó la extinción de los grandes dinosaurios. Pero, por suerte para nosotros, los impactos de asteroides son bastante poco frecuentes. Además, la comunidad científica está trabajando para desarrollar métodos que desvíen o destruyan futuras amenazas de este tipo.

Cada 100 años:

Pueden chocar contra la Tierra asteroides de más de 50 metros de ancho, lo que causaría daños locales en la zona del impacto.

Cada 2.000 años:

Pueden chocar contra la Tierra asteroides de más de 150 metros de ancho, lo que causaría daños equivalentes a una erupción volcánica o un terremoto.

Cada 300.000 años:

Puede chocar contra la Tierra un asteroide de más de 1,6 kilómetros de ancho, lo que causaría una total devastación.

Cada 5 a 10 millones de años:

Puede chocar contra nosotros un asteroide del mismo tamaño que el que probablemente acabó con los grandes dinosaurios hace 65 millones de años (con más de 10 kilómetros de ancho).

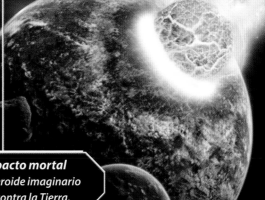

Impacto mortal
Un asteroide imaginario choca contra la Tierra.

PLANETA ROJO

DATOS VITALES

38 % de la gravedad de la Tierra
−63 °C de temperatura media en superficie
687 días para orbitar el Sol
24,7 horas por día
59 % de la luz solar de la Tierra
6.792 kilómetros de diámetro, o alrededor
del 53 % del de la Tierra

DISTANCIA AL SOL

227 millones de kilómetros,
alrededor de 1,5 veces la
distancia de la Tierra
231 años en coche a unos
110 km/h
3 años en la *Apollo 11*

De todos los planetas del Sistema Solar, Marte es el que tiene más posibilidades de albergar vida. Es más, está lo bastante próximo a la Tierra como para que podamos enviar humanos en un año usando la tecnología disponible hoy. Una expedición a Marte sería un proyecto carísimo y de gran envergadura, pero muchos científicos creen que valdría la pena teniendo en cuenta los conocimientos que adquiriríamos.

CONDICIONES AMBIENTALES DE MARTE

Agua
En la superficie de Marte no hay agua líquida. Pero hay casquetes de hielo en los polos. Podríamos fundir ese hielo para beber, o descomponerlo en hidrógeno, para usarlo como combustible y en oxígeno para respirar.

Polvo
Las descomunales tormentas de arena de Marte llegan a abarcar con rapidez miles de kilómetros. Esas partículas minúsculas pueden introducirse en los trajes espaciales y dañar las máquinas.

Vida
Muchos científicos creen que en Marte y otros planetas del Sistema Solar podría haber formas de vida diminutas, como microbios. Amplía esta información en el capítulo «En busca de vida» para conocer algunos ejemplos de lo que podría haber ahí fuera.

O₂ Aire
La atmósfera de Marte es tan tenue que necesitarías tanques de oxígeno para respirar y un traje espacial para compensar la falta de presión en el aire.

Temperatura
En Marte hace mucho mucho frío. La temperatura media es de −63 °C, así que los astronautas del futuro necesitarán trajes espaciales con calefacción.

Radiación
La peligrosa luz ultravioleta del Sol irradia la superficie de Marte constantemente.

◉ *Nuevo traje espacial*
Esta nueva variedad de traje presurizado envolverá el cuerpo en un tejido ceñido y elástico que mantendrá la presión incluso en caso de desgarro. Estos nuevos trajes serán más ligeros y mejorarán la movilidad.

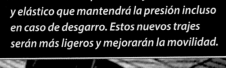

◉ *La ingeniera Dava Newman lleva puesto su nuevo traje espacial.*

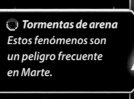

La superficie de Marte
En 1965 la sonda Mariner 4 nos mandó las primeras fotos.

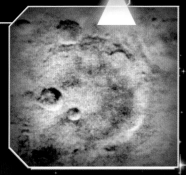

¿Agua subterránea?
La veta blanca de esta imagen tomada en 2005 muestra un lugar donde el agua parece haber erosionado dunas de arena en tiempos recientes. ¿Habrá agua en el subsuelo de Marte?

Tormentas de arena
Estos fenómenos son un peligro frecuente en Marte.

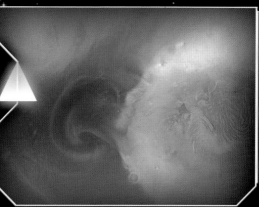

¿LISTOS PARA VIAJAR A MARTE?

¿Tienes todo lo necesario para unirte a la primera misión tripulada a Marte? Responde las siguientes preguntas y valórate contándote un punto por cada *A* que señales, dos puntos por cada *B*, y tres por cada *C*.

1 Toda tu existencia seguiría unas pautas estrictas, de forma que tanto el trabajo como el ejercicio y hasta el sueño estarían planificados de antemano. ¿Cómo te manejarías?
A Necesitaría tomarme algún descanso
B Podría llegar a acostumbrarme
C Siempre me organizo mucho

2 En el espacio, prestar atención a los detalles puede marcar la diferencia entre la vida y la muerte. ¿Sucumbirías al pánico si tu seguridad personal estuviera en juego?
A Ya me estoy asustando
B Metería la pata
C Mantendría la calma bajo presión

3 Apenas tendrías contacto con tu familia y tus amigos durante más de un año. ¿Cómo llevarías la separación?
A Los echaría muchísimo de menos
B Me acordaría mucho de ellos
C Pueden esperar. Este es mi sueño

4 Vivir en un entorno casi sin gravedad puede provocar náuseas, desorientación y un malestar extremo. ¿Aguantarías la sensación de mareo durante meses y meses?
A Me mareo hasta en la bañera
B Me desconcentraría
C Ningún problema, lo superaría

5 Incluso después de trabajar durante 15 horas, tendrías que responder en caso de emergencia. ¿Eres eficiente cuando te invade el cansancio?
A Necesito mi dosis de descanso
B Lo consigo con montones de azúcar
C El trabajo me hace seguir concentrado

6 Los astronautas mantienen la higiene con champú seco y toallitas húmedas. ¿Podrías renunciar a bañarte durante todo un año?
A Me pica todo solo imaginándolo
B Intentaría no ensuciarme
C Pensaría en el tiempo que me ahorraría

RESULTADOS:
de 6 a 8 Aferrado a la Tierra
de 9 a 11 Con la cabeza en las nubes pero los pies aún en la Tierra
de 12 a 14 Casi en órbita, sigue intentándolo
de 15 a 18 ¡Todo listo para partir!

REALIDAD AUMENTADA

Pulsa y desliza, o usa el zoom, para ver de cerca el Planeta Rojo y sus lunas, Fobos y Deimos. Se cree que estas son asteroides que quedaron capturados por la gravedad de Marte millones de años atrás.

ROBOTS EN MARTE

Antes de que los humanos puedan ir al Planeta Rojo, hay que recopilar la mayor cantidad posible de datos mediante robots. El vehículo Curiosity de la NASA, un todoterreno de una tonelada de peso y del tamaño de un coche, aterrizó allí el 6 de agosto de 2012, tras un viaje de casi nueve meses. Su misión inicial de dos años consiste en estudiar la superficie de Marte en busca de indicios de que en el pasado pudiera haber vida en él y de que tal vez haya sobrevivido hasta hoy en el subsuelo.

SPIRIT Y OPPORTUNITY

Desde la década de 1970 solo unas pocas naves han llegado a Mart[...] Sin embargo, en 2004 la NASA posó dos todoterrenos idénticos, Spirit y Opportunity, sobre el planeta. Sus observaciones revelar[...] que el planeta alojó en otros tiempos gran cantidad de agua líqui[...] Se había previsto que ambos vehículos permanecieran activos alrededor de un año, pero Spirit siguió transmitiendo datos hasta 2010 y Opportunity aún seguía haciéndolo con intensidad en 201[...]

EL CRÁTER DE DESTINO

Curiosity tomó tierra en el cráter Gale. Pasará varios años ascendiendo despacio por una montaña que emerge desde el fondo del cráter, estudiando cada capa a medida que las vaya recorriendo en busca de signos de vida antigua o de entornos habitables.

Detector de agua
Este instrumento localiza hielo subterráneo disparando neutrones contra el suelo para detectar moléculas portadoras de agua.

REALIDAD AUMENTADA

Usa los iconos azules  para desplazar el vehículo Curiosity de un lado a otro, y pulsa el icono para ver la imagen del lugar señalado por el láser del todoterreno. Usa los iconos verdes para ajustar la dirección del haz, y el icono rojo para apuntar a objetivos interesantes.

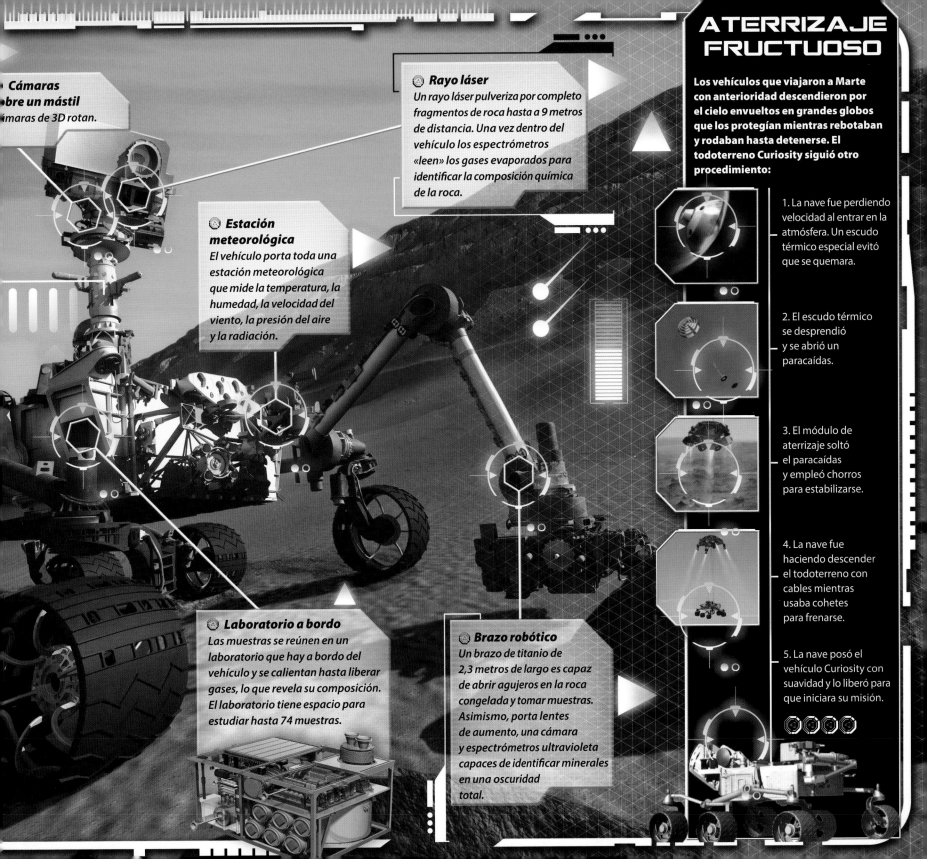

Cámaras sobre un mástil
Cámaras de 3D rotan.

Rayo láser
Un rayo láser pulveriza por completo fragmentos de roca hasta a 9 metros de distancia. Una vez dentro del vehículo los espectrómetros «leen» los gases evaporados para identificar la composición química de la roca.

Estación meteorológica
El vehículo porta toda una estación meteorológica que mide la temperatura, la humedad, la velocidad del viento, la presión del aire y la radiación.

Laboratorio a bordo
Las muestras se reúnen en un laboratorio que hay a bordo del vehículo y se calientan hasta liberar gases, lo que revela su composición. El laboratorio tiene espacio para estudiar hasta 74 muestras.

Brazo robótico
Un brazo de titanio de 2,3 metros de largo es capaz de abrir agujeros en la roca congelada y tomar muestras. Asimismo, porta lentes de aumento, una cámara y espectrómetros ultravioleta capaces de identificar minerales en una oscuridad total.

ATERRIZAJE FRUCTUOSO

Los vehículos que viajaron a Marte con anterioridad descendieron por el cielo envueltos en grandes globos que los protegían mientras rebotaban y rodaban hasta detenerse. El todoterreno Curiosity siguió otro procedimiento:

1. La nave fue perdiendo velocidad al entrar en la atmósfera. Un escudo térmico especial evitó que se quemara.

2. El escudo térmico se desprendió y se abrió un paracaídas.

3. El módulo de aterrizaje soltó el paracaídas y empleó chorros para estabilizarse.

4. La nave fue haciendo descender el todoterreno con cables mientras usaba cohetes para frenarse.

5. La nave posó el vehículo Curiosity con suavidad y lo liberó para que iniciara su misión.

VIAJE A MARTE

¿De verdad podemos ir a Marte? Ya ha habido gente que ha visitado la Luna y ha regresado de ella. Un viaje a Marte duraría mucho más, pero sería posible en una nave como el *Nautilus X*, un vehículo ideado por ingenieros de la NASA para partir desde una estación espacial en órbita y que usaría vehículos separables para aterrizar.

El motor
Una nave espacial como esta probablemente usaría un nuevo tipo de motor iónico.

No aerodinámica
El perfil aerodinámico solo se necesita para facilitar que una nave se deslice por el aire de la atmósfera de un planeta. Como el Nautilus X se lanzará desde una estación espacial, no necesita formas aerodinámicas.

Paneles solares
Instalaciones inmensas de paneles solares captarían energía del Sol para alimentar la nave.

¿CUÁNTO DURARÍA EL VIAJE?

Duraría seis meses en una nave convencional. Estas usan un golpe único de energía para escapar de la órbita de la Tierra, pero después se limitan a seguir a la deriva el resto del camino. En la actualidad se trabaja en la tecnología de propulsión iónica, la cual acortaría drásticamente el viaje al proporcionar una aceleración constante.

REALIDAD AUMENTADA

La NASA trabaja en diferentes versiones del *Nautilus*, pero todas ellas consisten en una columna delgada provista de «brazos». Los paneles solares aportan la energía vital para el vuelo, y no frenan la nave porque en el vacío del espacio no hay fricción.

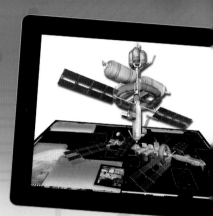

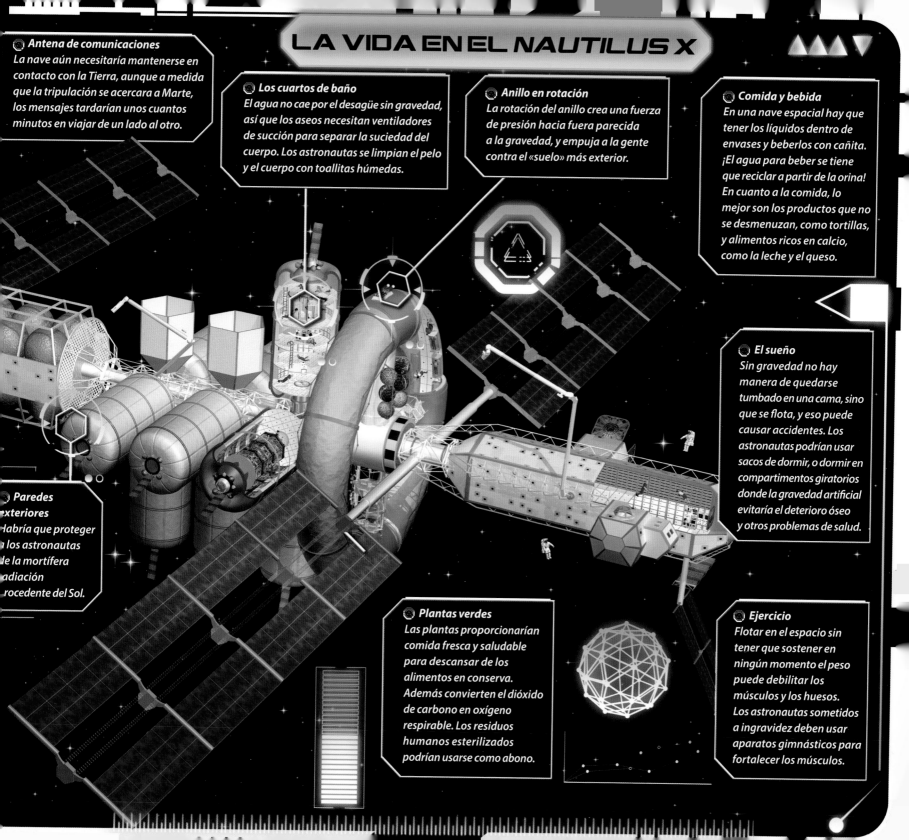

LA VIDA EN EL NAUTILUS X

Antena de comunicaciones
La nave aún necesitaría mantenerse en contacto con la Tierra, aunque a medida que la tripulación se acercara a Marte, los mensajes tardarían unos cuantos minutos en viajar de un lado al otro.

Los cuartos de baño
El agua no cae por el desagüe sin gravedad, así que los aseos necesitan ventiladores de succión para separar la suciedad del cuerpo. Los astronautas se limpian el pelo y el cuerpo con toallitas húmedas.

Anillo en rotación
La rotación del anillo crea una fuerza de presión hacia fuera parecida a la gravedad, y empuja a la gente contra el «suelo» más exterior.

Comida y bebida
En una nave espacial hay que tener los líquidos dentro de envases y beberlos con cañita. ¡El agua para beber se tiene que reciclar a partir de la orina! En cuanto a la comida, lo mejor son los productos que no se desmenuzan, como tortillas, y alimentos ricos en calcio, como la leche y el queso.

Paredes exteriores
Habría que proteger a los astronautas de la mortífera radiación procedente del Sol.

El sueño
Sin gravedad no hay manera de quedarse tumbado en una cama, sino que se flota, y eso puede causar accidentes. Los astronautas podrían usar sacos de dormir, o dormir en compartimentos giratorios donde la gravedad artificial evitaría el deterioro óseo y otros problemas de salud.

Plantas verdes
Las plantas proporcionarían comida fresca y saludable para descansar de los alimentos en conserva. Además convierten el dióxido de carbono en oxígeno respirable. Los residuos humanos esterilizados podrían usarse como abono.

Ejercicio
Flotar en el espacio sin tener que sostener en ningún momento el peso puede debilitar los músculos y los huesos. Los astronautas sometidos a ingravidez deben usar aparatos gimnásticos para fortalecer los músculos.

TERRAFORMACIÓN DE MARTE

Hoy en día la superficie de Marte es estéril. Pero cuenta con todos los ingredientes necesarios para crear un entorno fértil, aunque congelados en el subsuelo. ¿Podríamos extraerlos y darle vida a Marte con una terraformación, y así volverlo más parecido a la Tierra y habitable para los seres humanos? Algunos científicos creen que sí. Pero podría costar billones de euros y llevarnos miles de años.

⬡ Polos helados
Marte tiene casquetes polares helados, como la Tierra. Pero a diferencia de la Tierra, el polo sur está cubierto de CO_2 congelado, y también hay más congelado bajo la superficie del planeta.

1 AÑADE CALOR

Marte es tan frío en la actualidad que hasta los gases del aire pueden llegar a congelarse. El primer paso para hacer habitable el planeta sería calentar los polos para liberar el agua y el dióxido de carbono (CO_2) congelados; este último es uno de los llamados «gases invernadero» que mantienen el calor en la Tierra. Hay varias maneras de conseguirlo.

2 DESENCADENA EL EFECTO INVERNADERO

Cuando el dióxido de carbono congelado se transformara en gas y pasara a la atmósfera de Marte, atraparía calor. También podrían producirse y liberarse desde fábricas otros gases de efecto invernadero potentes. El aumento del calor liberaría a su vez más cantidad de gas helado y el efecto se multiplicaría hasta que imperaran unas temperaturas suficientes para fundir el hielo.

⬡ Grandes explosiones
Podríamos desviar asteroides hacia Marte para causar impactos gigantes. Eso liberaría CO_2 y agua a la atmósfera.

⬡ Espejos enormes
La puesta en órbita de espejos enormes concentraría la luz del Sol sobre los polos, lo que devolvería a la atmósfera el CO_2 y el agua congelados.

⬡ 1 AÑO DESPUÉS
Las superficie marciana consiste en rocas áridas y rojizas. No hay nada de agua en la superficie, salvo el hielo de los polos.

⬡ 10 AÑOS DESPUÉS
Las rocas están cubiertas de bacterias, líquenes y algas. Se aprecian manchas de nieve sobre la superficie. El cielo es más pálido y más transparente, pero aún rojizo.

⬡ Oscurecer la superficie
Los colores oscuros absorben luz solar. Si se cubriera la superficie marciana con polvo se aceleraría el proceso de calentamiento.

3 AÑADE VIDA

La vida se introduciría por etapas. Algunos microbios se podrían llevar a la vez para empezar a convertir el suelo y a enriquecer la atmósfera. Les seguirían otras formas de vida a medida que la atmósfera se calentara y ganara densidad.

4 AÑADE AGUA

Cuando la atmósfera se calentara lo bastante, las grandes reservas de hielo atrapado en el subsuelo se fundirían y evaporarían. El agua que migrara a la atmósfera regresaría a la superficie en forma de nieve o lluvia. Marte podría tener suficiente agua congelada en el subsuelo como para llegar a desarrollar ríos y océanos con el tiempo.

1.000 AÑOS DESPUÉS

Los océanos crecen y la vida prolifera en la atmósfera rica en oxígeno. Las cumbres montañosas y las regiones polares permanecen heladas.

100 AÑOS DESPUÉS

Se forman lagos y océanos a medida que el hielo subterráneo se funde y viaja a la atmósfera, donde se forman nubes y precipitaciones. Abundan las plantas y el mantillo.

REALIDAD AUMENTADA

Usa el mando para mover el avión sobre los paisajes marcianos. Una aeronave ligera como esta podría inspeccionar el terreno durante la preparación de un proyecto de terraformación.

EL SISTEMA SOLAR EXTERIOR

Los planetas situados más allá de Marte son objetos inmensos y poco densos conocidos como gigantes gaseosos. Estos mundos descomunales son algunos de los lugares más misteriosos de todo el Sistema Solar.

Júpiter

PLANETAS EXTRAGRANDES

Júpiter es, con diferencia, el mayor planeta de nuestra región del espacio. Su gravitación atrae hacia él los cometas que podrían ser una amenaza para la Tierra y los lanza contra el Sol, o bien los envía a las zonas más exteriores del Sistema Solar.

¿QUÉ HAY AHÍ FUERA?

La vida de la Tierra necesita agua, pero ¿y si la vida de otro lugar hubiera evolucionado a partir de otro conjunto de elementos químicos? ¿Podría haber alienígenas que vivieran en azufre fundido y consiguieran la energía de los volcanes que hay en Ío, un satélite de Júpiter? ¿Podría haber vida nadando en los lagos de hidrocarburos de Titán, satélite de Saturno?

REALIDAD AUMENTADA

Júpiter es el planeta con más satélites naturales del Sistema Solar: hasta ahora se han descubierto 64. Esta animación muestra Júpiter con Ío, Europa, Ganímedes y Calisto, los cuatro satélites que descubrió Galileo, un astrónomo del pasado.

◎ **Los anillos de Saturno**
Se conocen casi desde la invención del telescopio. Están formados por trozos de hielo y roca pulverizada.

LOS MUNDOS MÁS LEJANOS

Urano y Neptuno solo han recibido la visita de una nave espacial: la sonda Voyager 2. En Urano encontró signos de un océano de agua hirviendo, así como diez satélites desconocidos hasta entonces. La sonda pasó después a tan solo 5.000 kilómetros de la cima de las nubes de Neptuno y descubrió cinco satélites, además de la Gran Mancha Oscura, una tormenta descomunal. Imágenes tomadas con el telescopio espacial Hubble revelan que la mancha se ha desvanecido desde entonces, pero que se han formado otras manchas más pequeñas. Voyager 2 encontró indicios de que el mayor satélite de Neptuno, Tritón, es el objeto más frío del Sistema Solar al que han llegado nuestras máquinas. ¡En la superficie tiene un «volcán» de hielo de nitrógeno!

Saturno

Urano

Neptuno

VIAJEROS LEJANOS

◎ **Satélites fabulosos**
Saturno también tiene algunos satélites asombrosos, como Encélado. La sonda Cassini de la NASA descubrió la erupción de chorros de vapor desde su superficie. Si esta luna contiene líquido caliente, puede que encontremos vida allí.

1972: Las sondas Pioneer 10 (misión a Júpiter) y Pioneer 11 (misión a Saturno, izquierda) fueron las primeras en atravesar el cinturón de asteroides situado entre Marte y Júpiter. Ambas naves acabaron saliendo del Sistema Solar y continúan hundiéndose en el espacio.

1977: Las naves estadounidenses Voyager 1 y Voyager 2 se dirigieron hacia Júpiter y Saturno. Voyager 2 (inferior) visitó más tarde Urano y Neptuno. Ambas sondas distan ahora miles de millones de kilómetros del Sol y viajan analizando el espacio interestelar.

EN BUSCA DE VIDA

Energía para la vida
Ío, el satélite de Júpiter, alberga más de 400 volcanes, lo que lo convierte en el lugar con mayor actividad geológica de todo el Sistema Solar. ¿Podría esta energía propulsar alguna clase de vida extraterrestre?

Entre Júpiter, Saturno, Urano y Neptuno hay más de 160 satélites naturales. Europa, uno de los satélites mayores de Júpiter, es especialmente atractivo porque tiene un océano de agua salada bajo su helada superficie. En la Tierra encontramos vida en cualquier lugar donde haya agua. Misiones futuras a Europa tal vez nos desvelen si ocurre lo mismo en esta luna remota.

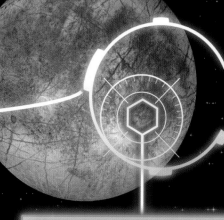

REALIDAD AUMENTADA

Pulsa y desliza elementos o usa el zoom para explorar Europa, uno de los satélites jovianos más interesantes. ¿Podría haber vida en los océanos salados que hay bajo su superficie de hielo?

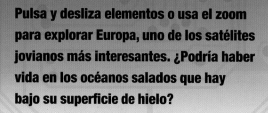

EUROPA

DATOS VITALES
14 % de la gravedad de la Tierra
−162 °C de temperatura media en superficie
84 horas por día
3,7 % de la luz solar de la Tierra
3.122 kilómetros de diámetro, casi el mismo que el de la Luna terrestre

DISTANCIA AL SOL
778 millones de kilómetros en promedio
789 años en coche a unos 110 km/h
9 años en la *Apollo 11*
6,5 días con motor de iones a una aceleración constante de 1 g (tecnología del futuro)

EXTREMÓFILOS

Tanto la superficie de Marte como los océanos del satélite Europa son entornos extremos. Sin embargo, muchos organismos se han adaptado a unas condiciones casi igual de duras aquí en la Tierra. El descubrimiento de estos «extremófilos» ha alentado las esperanzas de que los entornos extremos de Marte y Europa puedan ser habitables a pesar de todo.

SUPERVIVIENTES RESISTENTES DE LA TIERRA

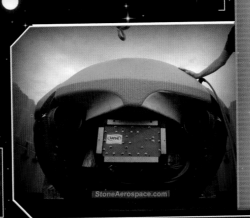

StoneAerospace.com

UN ROBOT SUBMARINO

Ingenieros de la empresa Stone Aerospace de Texas están desarrollando un robot capaz de navegar de forma autónoma en el océano que hay bajo el hielo de la Antártida con la esperanza de que algún día puedan enviar una versión a bordo de una nave con destino a Europa. Allí, un generador propulsado con energía nuclear fundirá varios kilómetros de hielo para acceder al océano subyacente. Entonces se podrá medir la química y la composición del agua mediante instrumentos y, tal vez, descubrir vida.

01001110101010110

Si los microbios pueden sobrevivir en los entornos más duros de la Tierra, ¿por qué no en otros planetas?

Cianobacterias
Pueden sobrevivir: Con un frío y una sequedad extremos. Algunas especies han sobrevivido ¡ocho millones de años dentro de hielo sólido!
Viven en: El hielo de la Antártida.
Hábitat similar: Superficie de Marte.

Gusanos nematodos
Pueden sobrevivir: Con una ausencia total de luz solar y de alimentos de origen vegetal.
Viven en: Rocas situadas a 1,3 kilómetros de profundidad.
Hábitat similar: Subsuelo de Marte.

Gusanos tubícolas
Pueden sobrevivir: Con una oscuridad total y en sustancias químicas tóxicas.
Viven en: Chimeneas volcánicas de las profundidades oceánicas alimentándose de energía química.
Hábitat similar: Océanos del satélite Europa.

Bacterias
Pueden sobrevivir: Con radiación letal, deshidratación, en ácido, en el vacío.
Viven en: Piscinas de enfriamiento de reactores nucleares. Sobreviven a dosis radiactivas 5.000 veces mayores que las que matan a un ser humano.
Hábitat similar: Superficie de Marte.

¿QUÉ NECESITA LA VIDA?

La mayoría de los planetas conocidos son demasiado calientes o fríos para albergar vida tal y como la conocemos. Pero se han encontrado algunos con temperaturas capaces de mantener el agua líquida y tal vez la vida. Otros podrían albergar formas de vida que en absoluto necesiten agua líquida.

MÁS ALLÁ DE NUESTRO SISTEMA SOLAR

Todos los planetas, satélites naturales y asteroides que hemos explorado hasta ahora orbitan alrededor de la misma estrella: el Sol. Pero el Sol no es más que una estrella de los 200 a 400 mil millones de ellas que forman el gigantesco conjunto de la Galaxia.

LA VÍA LÁCTEA

Levanta la vista al cielo en una noche muy oscura y percibirás la Vía Láctea, una gran banda borrosa de luz que cruza el firmamento. Ese fulgor procede de miles de millones de estrellas demasiado distantes para distinguirlas por separado, pero todas ellas pertenecientes a nuestra Galaxia. La Galaxia es tan inmensa que la luz tarda 100.000 años en atravesarla de un lado al otro. ¡Un montón de espacio por explorar!

◎ Los primerísimos días del universo
Esta fotografía se obtuvo combinando datos que tomó el telescopio espacial Hubble a lo largo de un periodo de diez años. En ella se ven las galaxias más lejanas que se han observado jamás. Se formaron unos 13 200 millones de años atrás, poco después de la Gran Explosión (Big Bang).

¿MILES DE MILLONES DE EXOPLANETAS?

«Exoplaneta» es el término que se emplea para referirse a un planeta situado fuera del Sistema Solar. Ya hemos descubierto miles de estrellas que tienen exoplanetas, y la búsqueda no ha hecho más que empezar. Es probable que haya miles de millones más. Los científicos ya se están centrando en la cuestión de si alguno de esos planetas alberga vida.

◎ Nuestro bello hogar
La Galaxia es una espiral, como la galaxia Messier 51 (izquierda). No podemos observar directamente la forma de nuestra Galaxia porque nos encontramos dentro de ella.